El perrito caliente tonto

Derecho del texto © Evans Brothers Ltda. 2005. Derecho de ilustración © Evans
Brothers Ltda. 2005. Primera publicación de Evans Brothers Limited, 2a Portman
Mansions, Chiltern Street, Londres W1U 6NR, Reino Unido. Se publica esta
edición bajo licencia de Zero to Ten Limited. Reservados todos los derechos.
Impreso en China. Gingham Dog Press publica esta edición en 2005 bajo el sello
editorial de School Specialty Publishing, miembro de la School Specialty Family.

Biblioteca del Congreso. Catalogación de la información sobre la publicación en
poder del editor.

Para cualquier información dirigirse a:
School Specialty Publishing
8720 Orion Place
Columbus, OH 43240-2111

ISBN 0-7696-4225-X

4 5 6 7 8 9 10 EVN 10 09 08 07

El perrito caliente tonto

de Stella Gurney

ilustraciones de Liz Million

GINGHAM DOG
PRESS

Columbus, Ohio

—¡Mírenme! —gritó Perrito Caliente.

—¡Soy un pez!

Perrito caliente tonto.

9

10

Perrito caliente gracioso.

13

—Soy un tobogán.

14

16

Perrito caliente loco.

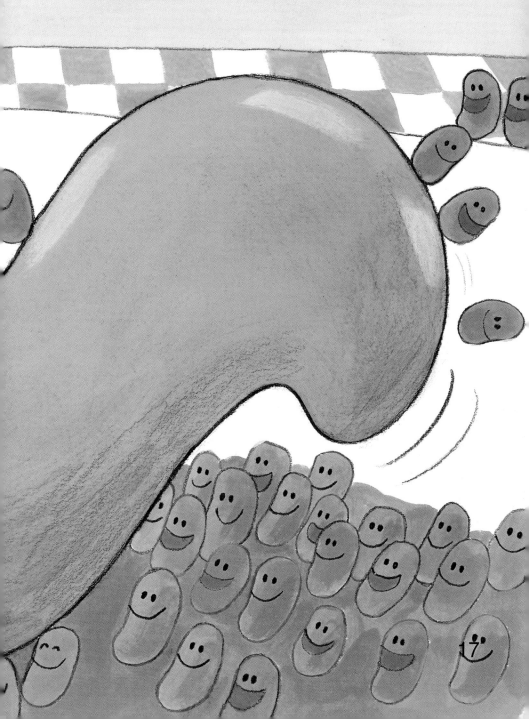

17

—Soy un bote.

19

Perrito caliente bobalicón.

21

Dani se sorprendió.

—¡Mamá! —gritó.

—¡Mi perrito caliente habla!

—¡Ah! —dijo Mamá.

29

—¡Ése es un perrito
caliente avispado!

Palabras que conozco

tonto	pez
árbol	se sorprendió
gracioso	tobogán
bote	avispado

¡Piénsalo!

1. Nombra tres cosas que el perrito caliente fingía ser.
2. ¿Qué hicieron los otros alimentos?
3. ¿Por qué se sorprendió Dani?
4. ¿Qué dijo la madre de Dani?

El cuento y tú

1. El perrito caliente fingía que era otra cosa. Nombra algo que tú has fingido ser.
2. ¿Piensas que este cuento es verdadero or fingido? ¿Por qué?
3. Nombra algunas cosas a las que se parecen ciertos alimentos. Por ejemplo, el brócoli puede parecerse un poco a un árbol.